Sébastien Gendron

COURS CHARLES !

Le bonheur est dans la rue

Magnard Jeuhesse

Aux mômes,

en général.

« C'est la manière dont les gens

voient le vol d'une pomme

qui fait du gamin ce qu'il devient. »

Edgar Lee Masters,

Spoon River : catalogue

des chansons de la rivière

1

« On achète ton bonheur, vole-le ! »

Bon, OK, d'accord, c'est vrai, j'ai volé une pomme et je reconnais qu'en soi, c'est pas terrible.

Une pomme, je veux dire... Non, mais c'est vrai ! Une pomme, c'est pas non plus du caviar, on est d'accord. C'est plein de flotte et de sucre, ça pousse dans les arbres et quand c'est mûr, ça tombe tout seul, y a qu'à se baisser.

Attention : je dis pas que c'est nul, une pomme. Je sais bien que c'est en en prenant une sur le coin de la tête qu'Isaac Newton a tout compris à l'histoire de la gravitation universelle. Je sais bien aussi que c'est pour une histoire de pomme que la guerre de Troyes a éclaté. Et je sais aussi qu'il y a encore une histoire de pomme dans la Bible, sauf que là, si tu marches dans la combine, non seulement t'arrêtes les pommes, mais en plus, tu tronçonnes tous les pommiers.

Enfin bref, je parle pas de ces pommes-là, mais de celle qui fait que je cours en ce moment même comme un dératé dans la rue Daguerre, Paris, XIVe arrondissement.

Et pourquoi je cours comme un dératé ? Mais parce que j'ai un type à mes trousses, tiens ! Et que si je ralentis, il va me rattraper et ça va très mal finir.

Tout ça parce que j'ai volé une pauvre golden à même pas deux centimes…

2

« Si besoin était de recourir à la force, ne restez pas au milieu ! »

C'est la faute à qui, si j'ai volé cette pomme, alors qu'en temps normal, je suis un garçon plutôt honnête ? Oui, je sais, comme dit ma mère, c'est mal de chercher des responsables pour se défausser quand on a fait une bêtise. N'empêche !

Qui m'a emmené samedi dernier voir *Les 400 Coups* au cinéma Mac-Mahon pour me « faire mon éducation culturelle » – un film qui, soit dit en passant, raconte l'histoire d'un gosse de mon âge qui fait quand même un nombre invraisemblable de conneries en seulement une heure et demie et ne se prive pas de voler tout un tas de trucs ? Alors qui ?

Tonton Jérôme, mon parrain – qui est aussi, accessoirement, le frère de maman. Et qui n'a pas empêché mon parrain de me traîner voir *Les 400 Coups* au Mac-Mahon samedi dernier, alors que moi j'aurais préféré *La Planète des singes* ? Ben, maman, pardi !

Résultat, quand je suis sorti du collège tout à l'heure, j'avais faim. Et quand j'ai faim, je boufferais une vache. À la place d'une vache, j'ai trouvé une pomme. Enfin, je dis *une* pomme, mais y en avait tout un tas, là, sur l'étal du marchand de la rue Daguerre. Moi, j'ai pensé à quoi en les voyant toutes ces pommes ? Ben, à Antoine Doisnel, le héros des *400 Coups*. Et je me suis dit qu'une de plus, une de moins, ça se verrait pas des masses. Donc, je suis passé une première fois pour repérer les lieux et les vendeurs en faction. Une deuxième fois, pour jauger des possibilités et mettre une stratégie en place. Et une troisième pour choper, ni vu ni connu, la pomme qui était tout en bas de la pyramide.

Ni vu ni connu, tu parles ! À peine je l'avais attrapée que toute la pyramide s'est cassé la gueule. Du coup, le vendeur qui s'occupait des fruits a entendu le bruit ; a tourné la tête alors que je m'enfuyais ; a donné l'alerte en hurlant ; s'est fait engueuler par son patron qui lui a crié :

— Mais pauvre andouille ! Cours z'y après, au lieu de beugler comme un veau en restant les mains dans les poches !

Et aussitôt, le vendeur s'est lancé à ma poursuite. Du coup, depuis une bonne minute, je remonte la rue Daguerre en courant comme un branque, une pomme à la main et un type qui brame « Au voleur ! » sur mes talons. J'aurais piqué la Joconde, ça aurait pas été pire ! Devant moi, les gens s'écartent comme si j'étais un rat. Mais je m'attends à ce que d'une seconde à l'autre, y en ait un qui décide de jouer les héros et me bloque le passage.

Bref ! Ça risque d'être chaud pour moi !

3

« Explorons le hasard ! »

Ne surtout pas prendre la direction de la rue Victor-Considérant ! C'est le premier truc qui me vient à l'esprit tandis que je cours comme un lapin. Pourquoi ? Parce que c'est là que j'habite avec mes parents. J'imagine la tronche du voisinage, si on me voyait grimper l'escalier avec l'autre possédé hurlant derrière moi. La rue Victor-Considérant, c'est peut-être pas Passy, mais y a quand même du beau monde.

La voisine d'en face, par exemple, c'est Mme Figus. Et Mme Figus – Jacqueline, elle s'appelle – elle est danseuse, actrice et professeur de claquettes sur pointes à Pleyel. Claquettes sur pointes, vous imaginez le truc ? Vous prenez des claquettes normales – c'est déjà toute une affaire, les claquettes – et les pointes en danse classique – le truc le plus dur, il paraît. Vous mettez des bouts de fer à vos chaussons et roule ma poule ! Je trouve ça dingue. Mais Mme Figus, elle en a fait sa vie, et celle de sa fille aussi, Sophie. Une famille d'artistes quoi…

Et juste au rez-de-chaussée de notre immeuble, y a le papa de Jean-Paul Belmondo – quand même le plus classe de tous les comédiens de la planète – qui y habite. Faut savoir que le papa de Bébel, comme on l'appelle, il se contente pas d'avoir fait naître le plus classe de tous les comédiens de la planète et de dormir sur ses deux oreilles. Que dalle ! Il est sculpteur. Et pas n'importe quel sculpteur, en plus. Le genre qui est exposé dans les musées. Alors parfois, y a Jean-Paul qui passe lui faire la bise, sauf que moi, je l'ai encore jamais croisé. Ma mère par contre oui : deux fois. Ça l'a mise dans tous ses états. Au point que mon père était super agacé et qu'il a menacé de sévir si ce cirque continuait. Mais sévir comment, au juste ? Mettre un mot dans la cage d'escalier comme il fait à chaque fois qu'y a un machin qui le dérange dans l'immeuble ? Un truc du genre : « M. Jean-Paul Belmondo serait bien aimable d'entrer plus discrètement dans le bâtiment afin de ne pas détourner l'esprit des honnêtes mères de famille » ?

Faut quand même dire un truc : mon père, c'est pas Zavatta. Il est expert-comptable. Je sais pas s'il faut ce type de physique pour devenir expert-comptable, mais le peu de ses collègues que j'ai rencontrés m'ont laissé à penser que le port de la moustache fine en bord de lèvres, du costume gris, de l'imperméable mastic et du chapeau semblait tout indiqué. La vache, ce qu'il est austère, mon père ! C'est aussi pour ça que je tiens pas à filer me planquer rue Victor-Considérant. Pas tant pour éviter les Figus et les Belmondo d'ailleurs, que mon père.

Du fait qu'il est expert-comptable, il est certainement payé pour traquer tous les petits défauts de la société pour laquelle il bosse, donc il a placé l'honnêteté très très très haut dans son échelle de valeurs. Tout ce qui ressemble de près ou de loin à de la triche, pour lui, c'est pas possible. Je vous laisse imaginer ce qu'un homme pareil doit penser du vol. Même du vol d'une pomme.

Aussi, je préfère pas me pointer chez moi parce que je suis à peu près sûr que mon père serait fichu de pas m'ouvrir la porte. Je pense même qu'il prendrait un malin plaisir à observer par le judas le vendeur en train de m'étriller sur le palier. Voire, il l'encouragerait en disant :

— Allez-y, frappez plus fort, il a toujours pas compris !

J'aurai jamais les arguments pour me justifier. Faim ou pas, une pomme ou un bœuf, pour lui, ça sera la même correction.

Bilan, quand je quitte enfin la rue Daguerre et que je débarque sur l'avenue du Maréchal-Leclerc, je me dis que je vais contourner la place Denfert-Rochereau par la droite du Lion de Belfort et m'enfuir par le boulevard Arago.

Logique.

Sauf que voilà ! J'aperçois Jean-Marie Duclos, mon cœur fait un bond et je manque me faire renverser par une Juvaquatre. Et Jean-Marie Duclos me voit lui aussi et il se retourne vers ses copains pour les avertir. Et les copains de Jean-Marie Duclos, je comprends pas bien comment ça se fait, mais ils sont un bon millier, là, massés au beau milieu de la place Denfert-Rochereau à hurler comme des putois autour du Lion.

Qui c'est, Jean-Marie Duclos ?

Le grand frère d'Éric Duclos qu'est en quatrième au collège, avec moi. Éric est un con, son frère c'est pire. Éric m'a craché dessus une fois de trop le mois dernier, et je lui ai mis mon poing dans la figure aussi sec, un réflexe. Pendant trois jours, j'ai été le caïd de la cour du collège. Et dans le même temps, j'ai appris que Jean-Marie Duclos me cherchait pour me rayer de la carte. Ma chance jusque-là, c'est que Jean-Marie est dans un lycée à l'autre bout du XIVe arrondissement. Sauf qu'à l'instant présent, il est là, avec tous ses potes, et ils m'ont vu.

— Hé ! Au voleur !

Heureusement que j'entends beugler mon poursuivant, sans quoi je serais resté bloqué sur place à plus savoir quoi faire. Je traverse le boulevard en slalomant comme un fou entre les bagnoles et trouve refuge derrière une colonne de véhicules qui me dissimule aux yeux des lycéens.

Quand je redresse la tête, je me rends compte de trois choses qui ont chacune leur importance. D'un : pour le moment, le vendeur est bloqué par la circulation qui commence à bouchonner à cause de tous les copains de Duclos massés sur la place. De deux : Duclos m'a perdu de vue, ses potes aussi. De trois : j'entends quelque chose frapper trois coups contre la vitre du véhicule derrière lequel je me suis caché. Quand je tourne la tête pour voir de quoi il s'agit, je tombe nez à nez avec un flic.

Je recule et je considère le tableau : avec ma pomme volée à la main et l'autre abruti à mes trousses, j'ai rien trouvé de mieux que de me planquer derrière une colonne de cars de police. J'ai à peine le temps de réaliser ça que soudain, toutes les portières s'ouvrent en même temps et qu'une bonne cinquantaine d'agents de la force publique descend des véhicules. Au même moment, là-bas, le vendeur réussit à passer entre les voitures et se met à gueuler :

— Police ! Police ! Arrêtez-le !

Je croise le regard d'un flic et je m'attarde pas. Volte-face, je m'arrache. Et hop ! me voilà sur le boulevard Arago. J'ai encore moins de souffle que tout à l'heure, mais je fonce, oh ! bon sang oui, je fonce. J'ai volé une pomme y a moins de trois minutes et j'ai déjà deux mille personnes à mes trousses. Non, mais c'est vraiment n'importe quoi, ce pays !

Et moi, c'est pas mieux : il me viendrait même pas à l'idée de larguer cette foutue pomme par-dessus mon épaule… Pourtant, ça serait la chose à faire, non ? Seulement voilà, j'y songe même pas. La pomme est là, dans ma main, et je cours comme un dératé, direction droit devant. Et qu'est-ce qu'il y a droit devant ? Je vous le donne en mille.

La prison de la Santé !

4

« Pourvu qu'ils nous laissent le temps ! »

La prison de la Santé, mon père, il m'y a emmené très jeune. Un jour, il m'a dit comme ça :

— Tiens, Charles, tu vas venir avec moi, il faut que je te montre quelque chose de très important !

C'était un dimanche. On a commencé à descendre le boulevard Arago, et j'ai cru bêtement qu'il m'emmenait au zoo du Jardin des Plantes, vu que je venais d'avoir huit ans et que ça aurait pu me faire plaisir comme cadeau d'anniversaire.

Tu parles !

On a même pas parcouru cinq cents mètres que mon père s'est arrêté, et il m'a dit comme ça :

— Tu vois ça, Charles...

J'ai levé le nez et j'ai vu. Des murs hauts en pierre, une énorme porte blindée, un drapeau français flottant au-dessus. J'ai regardé mon père qui me désignait la porte du bâtiment avec son index :

— C'est une prison. Et pas n'importe laquelle. C'est la prison de la Santé. La pire de tout le territoire français. Tu sais pourquoi ils sont hauts comme ça, ces murs ?

— Non, papa.

— Parce que les hommes qui sont enfermés là-dedans, il vaut mieux pas qu'ils sortent, jamais. Sans quoi, ça serait la chienlit dans tout Paris. La chienlit, Charles ! Je t'ai emmené ici pour que tu comprennes que si un jour tu avais dans l'idée de faire des bêtises, j'hésiterai pas une seconde à te faire enfermer avec ces bêtes jusqu'à la fin de tes jours. Et tu pourras toujours pleurer et dire que tu regrettes, derrière ces murs, personne ne t'entendra crier ni tes remords ni tes excuses. Tu m'as bien compris, Charles ?

— Oui, papa.

— Allez, on rentre.

Voilà pour la visite au zoo. Dans les semaines qui ont suivi, j'ai fait des cauchemars à répétition dans lesquels je me retrouvais enfermé dans la cage aux singes du Jardin des Plantes.

Eh bien m'y revoilà, à la prison de la Santé. Et le plus effrayant, c'est que j'ai même pas eu besoin de mon père cette fois : je m'y suis conduit tout seul. Comme si dans ma tête, j'avais un avocat et un juge, et que c'était le juge qu'avait gagné. Verdict : « Prison !!! »

Et c'est là que je les vois.

Les prisonniers !

Des milliers de prisonniers !

Dehors !

Comme si une main géante avait déversé tout le contenu de la prison sur le boulevard Arago. Des criminels et des voleurs qui gueulent à qui mieux mieux, le poing en l'air. Les mots de mon père me reviennent en mémoire comme un coup de fouet : « Il vaut mieux pas qu'ils sortent, sans quoi ça serait la chienlit dans tout Paris. »

— Hé ! Toi, là-bas, petit salopard ! Viens ici tout de suite !

Le vendeur de fruits et légumes est arrêté à l'entrée du boulevard. Il a l'air à bout de souffle, plié en deux, mais pas près de lâcher l'affaire. Et derrière lui, qu'est-ce que je vois ? ! La bande à Duclos et les flics qui commencent à quitter Denfert pour s'enquiller eux aussi sur le boulevard Arago. Me voilà pris en étau entre la chienlit, les sauvages et ce type qui ne va pas mettre longtemps à récupérer. Je me retourne vers les taulards et la situation s'aggrave en un instant : l'un d'entre eux tend un doigt dans ma direction. Il crie quelque chose que je ne comprends pas et soudain, son bras se lève et s'abaisse, et les voilà qui se mettent en mouvement.

Ça me paraît un peu gros, mais il n'y a aucun doute : c'est vers moi que tous ces dingues convergent…

Oh ! Merde !

Regard à droite : le vendeur s'est remis en route dans ma direction, au petit trot. Derrière lui, les lycéens accourent.

Regard à gauche : les bandits accélèrent le pas en rugissant comme des bêtes.

Regard au centre : deux issues possibles.

La première : le jardin de l'Observatoire. Autant dire une nasse. Si je rentre là-dedans, ils auront vite fait de bloquer les portails et je m'en sortirai pas.

La seconde : la rue du Faubourg-Saint-Jacques, qui s'échappe entre le Ve et le VIe arrondissement jusqu'à la Seine. D'ici là, j'aurai trouvé ce qu'il faut de petites rues pour les semer, c'est sûr.

Au moment où je m'élance, j'entends :

— Oh ! Putain, si je t'attrape, toi...

C'est le maraîcher. « Pauvre type, il va pas tenir la distance », je me dis en traversant le boulevard comme une balle. J'ai beau me rassurer comme je peux, ils sont si nombreux, si en colère après moi et si déterminés, qu'il y en aura toujours au moins un pour me trouver. Où que j'aille. Un instant donc, alors que je fais de mon mieux pour accélérer la cadence, je me dis que ma fuite est vouée à l'échec. Je ne fais que gagner quelques précieuses minutes de vie. Mais ça vaut la peine. Alors je concentre mes efforts pour que mes jambes ne me lâchent pas, ni mes poumons ni mes yeux qui cherchent la moindre issue possible. Parfois, malencontreusement, mon épaule rencontre celle d'un piéton que j'ai aperçue trop tard. Dans mon dos, j'entends un cri, une insulte, un « Sale petit voyou ! »

Voyou, moi ?!

Ça a toujours été la terreur de ma mère, qu'un jour ou l'autre, je fasse quelque chose qui m'arracherait à elle. Un soir, même, j'ai fini par lui demander :

— Pourquoi tu me dis toujours que t'as peur que je « tourne mal » ? On dirait que ça te rend toute triste... Je veux dire : tu crois que je vais « tourner mal » ? C'est ça ? Parce que moi, j'ai pas envie. Déjà que papa m'a emmené voir la prison de la Santé, c'est bon, j'ai bien compris.

Ce soir-là, ma mère m'a regardé et j'ai vu qu'elle faisait un max d'efforts pour pas que les larmes arrivent jusqu'à ses yeux. Sauf que c'était peine perdue, vu qu'il y en avait déjà une qui s'était fait la malle et qui glissait le long de sa joue. Elle l'a essuyée d'un geste rapide, elle m'a souri, et elle m'a dit :

— Tu sais, Charles, j'ai eu deux frères. Y a tonton Jérôme, ton parrain. Et y a eu tonton Clément. Tonton Clément, il est né juste après moi et c'était mon seul copain à cette époque. On jouait tout le temps ensemble. Et puis un jour...

Et puis un jour, le fameux tonton Clément, il s'est mis à faire plein de conneries et les gendarmes ont fini par l'attraper. Sauf que lui, c'était pas pour une histoire de pomme. Là où il a eu de la chance, tonton, c'est que pile poil au moment où il a été arrêté, y a une guerre qui a commencé de l'autre côté de la Méditerranée. Alors le juge lui a fait une proposition : c'était soit la prison, soit la guerre au soleil. Tonton Clément a choisi la guerre au soleil.

Bon, le soleil, il en a pas vraiment profité. On l'a jeté d'un avion en pleine nuit au-dessus d'un pays qu'il avait vu juste sur une carte. Tout ce qu'on lui avait dit avant le décollage, c'était que l'Algérie, elle appartenait aux Français, malgré ce que disaient les gens qu'étaient nés là-bas, bien avant que les Français n'arrivent. Tonton Clément s'est démerdé pour atterrir avec son parachute sans se péter les guibolles et, une fois posé au milieu des montagnes, il s'est ramassé une volée de plombs qui l'a littéralement coupé en deux. Trois jours après, il revenait de là où il était parti, sauf que cette fois, c'était dans une boîte en bois. Moi, je venais d'avoir trois ans. Autant dire que mon tonton Clément, j'en ai pas gardé un grand souvenir. Par contre, la peur de ma mère de me voir faire des bêtises au point de n'avoir d'autre choix que de partir à la guerre ou finir à la prison de la Santé, je l'ai bien comprise.

Enfin, théoriquement.

Parce qu'ils sont bien marrants les adultes, n'empêche qu'y a plein de trucs auxquels vous pensiez même pas avant qu'ils vous les mettent dans la tête. Alors paf ! vous tombez dedans, sans même en avoir eu vraiment envie. C'est dingue, non ?

Eh ben, j'estime aujourd'hui, alors que je cours comme un dératé sur les trottoirs de la rue du Faubourg-Saint-Jacques avec plusieurs milliers de personnes à mes trousses, que c'est aussi la faute de mon père et de ma mère si j'ai volé cette pomme. Voilà ! À force de me menacer des pires avanies si jamais je franchissais la frontière de la loi, il a bien fallu que je tente cette excitante expérience. Certes, là, maintenant, tout de suite, je le regrette. Mais on ne m'ôtera pas de l'idée que sans leur insistance je n'aurais même pas songé à être malhonnête.

5

« Que c'est triste d'aimer le fric ! »

Je galope et j'ai plus un centilitre d'air qui entre dans les poumons. Il va falloir que je m'arrête, sans quoi je vais crever. Je tourne la tête et derrière moi, je vois personne. Même pas mon principal poursuivant. Mais le quartier bruit des cris lointains de la foule et des coups de sifflet de la police. Il y a bien quelques cours ouvertes aux quatre vents dans lesquelles je pourrais m'engouffrer, mais après ? J'ai évité les jardins de l'Observatoire, c'est pas pour me piéger tout seul dans ces culs-de-sac. En plus, vu ce qui s'est passé dans ce pays pendant la dernière guerre, je parierais pas sur les habitants des immeubles autour pour me venir en aide. Je laisse défiler les portes cochères et, arrivé au croisement suivant, j'aperçois une brasserie, comme on en fait partout dans ce coin. Le genre avec terrasse, marquise, et tout le tremblement qu'il faudrait bien un trimestre de salaire à mon père pour s'offrir un menu du jour.

Mais est-ce que j'ai le choix ?

Après tout, j'ai déjà volé une pomme, je peux bien commander un café et m'enfuir ensuite. Au point où j'en suis, un poursuivant de plus ou de moins, hein ?

J'entre sur la terrasse en dérapant. Je me rétablis à la dernière seconde et je calme mon ardeur pour passer sous l'œil sévère du garçon de café qui joue les plantons à l'entrée de l'établissement. Tu parles. À peine esquivé, je l'entends qui grince :

— Et où il croit aller comme ça, le jeune homme ?

Sans me démonter, je lui réponds alors :

— Qu'est-ce qu'un jeune homme vient faire dans un café, d'après vous ?

Sans quitter son petit ton sarcastique, il me répond :

— À part chercher à consommer des boissons interdites pour son âge, je vois pas bien.

Du coup, je lui lance :

— Un café, ça fait partie des trucs auxquels j'ai droit, non ?

— Un café, donc, pour le jeune homme ?

— Voilà, c'est ça. Je peux entrer maintenant ?

Il est sapé comme un pingouin, avec son tablier noir et sa chemise blanche dont le col est tout de même vachement usé pour le prestige de l'endroit. Il doit pas être vieux et pourtant, on dirait qu'il a déjà quarante ans. Les cheveux lui sont tombés par poignées si bien qu'il en reste une pauvre couronne qu'il aurait dû tondre y a longtemps. Et ce plateau qu'il tient en appui précaire sur le bout des doigts comme si à tout instant, le général de Gaulle en personne allait débarquer pour faire la revue. C'est en voyant des types dans son genre que je comprends de quoi parle tonton Jérôme quand il dit :

« Lui, c'est un loufiat du capitalisme. » Le genre de mec qui pète plus haut que son cul sous prétexte qu'il bosse pour les riches. En attendant, le pingouin me répond :

— Désolé, jeune homme, mais c'est l'heure du ménage et tu vas tout me saloper.

D'un geste du bras, il me désigne la terrasse. Je prends donc place sans barguigner parce que ce serait quand même dommage de se faire virer d'une telle planque. Pendant qu'il est parti faire couler mon café, j'observe les environs, prêt à sauter sur mes deux pieds pour filer. Bien entendu, ça tarde pas. À peine ai-je eu le temps de souffler que déboulent mes premiers poursuivants. Aussitôt, je me tasse, la tête rentrée au maximum dans les épaules. La foule passe sans même me jeter un regard et quand le dernier a disparu et que je m'apprête à me lever pour partir, j'entends la voix du serveur qui dit :

— Depuis tout à l'heure, ça défile. Je sais pas bien après qui ils courent, tous ces couillons, mais vu comment ils sont remontés, quand ils l'auront attrapé, ça va chier. Un café pour le monsieur.

Ce disant, il pose devant moi une petite tasse fumante avec trois fois rien dedans.

— C'est tout ?

— Monsieur m'a demandé un café. Ceci est un café.

— Vous vous foutez de moi ? Y aurait plus dans le dé à coudre de ma grand-mère.

— Vous avez là un expresso, jeune homme. Et c'est la bonne dose !

— Dans ce cas, allez m'en chercher un autre de vos expressos.

— Si monsieur voulait bien se donner la peine de demander poliment, je me ferais un plaisir.

Tonton Jérôme a horreur qu'on lui parle comme ça. Il appelle ça « un ton condescendant », et ça le met en rogne. Tonton Jérôme, c'est mon héros, et des fois je l'imite. Du coup, le garçon de café, je décide que je vais me le payer à la tonton Jérôme. Du tac au tac, je lui renvoie :

— Et pourquoi je serais poli avec un type qu'est juste un loufiat du capitalisme ? Hein, pouvez me dire ?

Ça le sèche direct. Et je suis pas peu fier. Du coup, il est tellement sous le choc qu'il s'assoit à côté de moi et plonge ses yeux dans les miens. Des yeux tout bleus, tout délavés, très beaux, très doux. Et il me dit comme ça :

— Comment tu t'appelles ?

— Charles, pourquoi ?

— Et t'as quel âge, Charles ?

— Treize, pourquoi ?

— Tu sais ce que c'est un loufiat, Charles, treize ans ?

— Évidemment que je sais ce que c'est : un type comme vous, qui sert des clients pour un patron qui l'exploite et qu'a à peine de quoi se payer le lavage de ses chemises.

Le type se passe une main sur le visage et semble réfléchir à ce que je viens de lui répondre. Enfin, il me demande :

— Et l'histoire de M. Loufiat ? Tu la connais, l'histoire de M. Loufiat ?

— Euh... ben...

— Ben, non. T'es comme tout le monde, tu la connais pas. Et du coup, t'utilises ce mot sans même savoir de quoi tu parles. Alors je vais te la raconter, moi, l'histoire de M. Loufiat.

Manquait plus que ça. J'attrape la toute petite tasse de café et je dis :

— Désolé, mais j'ai pas trop le temps. Je dois rentrer.

— T'inquiète pas, c'est très rapide. Reste en place cinq minutes et tu vas tout comprendre.

Il arque ses sourcils, je tente de résister trois secondes et j'avale une gorgée de café pour me donner un peu de contenance. Puis je repose la tasse en grimaçant. Un, c'est brûlant. Deux, c'est salement amer.

— Ben, allez-y, je vous écoute !

Sans doute pour ménager ses effets, le garçon sort un paquet de Gauloises et prend le temps de s'en allumer une. Puis, une fois qu'il a soufflé toute la fumée de sa première bouffée, il se lance :

— Alors voilà : c'est l'histoire d'un garçon de café, tout comme moi, habillé pareil et très attaché à son métier. Il veut bien faire, c'est son premier boulot : il sert dans une grande brasserie du boulevard Saint-Michel. Bref, un gars bien et son nom, c'est M. Loufiat. Ce Loufiat, tous les midis, il voit débarquer le même client. Un gros et vieux richard qui s'installe toujours à la même table et qui veut être servi que par lui sous prétexte qu'il est nouveau dans l'établissement.

Le garçon tire sur sa clope, j'en profite pour lui demander :

— Comment il s'appelle, le richard ?

— J'en sais rien, qu'est-ce que ça peut faire ?

— Ben, c'est toujours mieux de donner des noms à ses personnages.

— M. Demongeot, ça te va ?

— Ouais. Et ça se passe quand, votre histoire ?

— C'est pas mon histoire, c'est celle de M. Loufiat, je t'ai dit.

— D'accord, mais ça se passe quand ?

— J'en sais rien, moi. Au début du siècle, je crois. Bon, bref, tu veux savoir la suite ou tu vas continuer à m'emmerder avec des détails insignifiants ?

— Les détails, ça fait tout. Mais allez-y, continuez.

— J'en étais où ?

— Que M. Demongeot il voulait être servi que par M. Loufiat.

— Exactement. Et tu sais pourquoi ?

— Non.

— Parce que ce M. Demongeot était un sacré vicelard. Comme il savait que Loufiat était tout nouveau, ça lui permettait de lui faire plein de reproches, de l'envoyer promener pour un oui pour un non, de commander des plats et puis d'affirmer que c'était le serveur qui s'était trompé, de l'insulter devant tout le monde, de le mettre plus bas que terre. Bref, Demongeot se comportait comme un salopard avec le pauvre M. Loufiat tout au long du repas. Et à la fin, juste après avoir avalé son café, son digestif et avoir payé l'addition, tu sais ce qu'il faisait ce Demongeot ?

— Nan…

— Il laissait un gros pourboire à M. Loufiat.

— Un gros pourboire ?

— Ouais. De légende de serveur, on a jamais vu des billets aussi gros pour un seul service. Et le lendemain, M. Demongeot revenait et recommençait son cirque : insultes, maltraitance et pourboire conséquent…

— Si je comprends bien, votre Demongeot, il se payait un souffre-douleur.

— C'est tout à fait ça.

— Moyennant quoi M. Loufiat acceptait d'être traité comme une merde.

— T'as tout compris.

— C'est ça la morale de l'histoire ?!

— Y a pas de morale dans cette histoire, mon petit Charles. Juste une bonne vieille conclusion. Un jour, ce M. Loufiat en a eu marre. Va savoir pourquoi, peut-être qu'il avait mal dormi, j'en sais trop rien. Toujours est-il qu'un midi, M. Demongeot s'est pointé et il a fait comme d'habitude : insultes et mauvais traitements. Et

M. Loufiat a pas supporté. Il a sorti un petit révolver qu'il avait sur lui, il l'a posé sur la tête de M. Demongeot et il a tiré. Pam ! Mort sur le coup, le richard. La cervelle sur le carreau.

J'en reste comme deux ronds de flan. Du coup, le garçon de café écrase sa cigarette, se lève et époussette la cendre qui est tombée sur son tablier. Ensuite, il me dit :

— Moi, je m'appelle pas Loufiat, mais Daniel. Daniel Bernard. L'histoire que je viens de te raconter, faut que tu la gardes dans un coin de ta tête, parce que le respect Charles, ça se monnaye pas. Et le café, c'est cadeau, ça me fait plaisir.

Je pourrais lui répondre que ça tombe bien, mais vu l'histoire qu'il vient de me raconter, j'évite de faire le malin.

J'attrape ma tasse et je bois ce truc amer en m'empêchant de grimacer. C'est là qu'à l'autre bout de la terrasse, j'entends une voix qui s'écrie :

— Ben qu'est-ce tu fous là, toi ?

Je me retourne et qui j'aperçois, entrant sur la terrasse ? Le seul type que je connaisse qui soit capable, à vingt ans, de porter une veste prince-de-galles avec des coudières en cuir et un pantalon en velours côtelé rouge : mon parrain. Le seul, l'unique, tonton Jérôme.

6

« Céder un peu, c'est capituler beaucoup ! »

Tonton Jérôme, c'est quand même un sacré phénomène dans la famille. J'en ai déjà parlé, mais en gros, le vol de la pomme, c'est à lui que je le dois – rapport aux *400 Coups* qu'il m'a emmené voir. Des idées dans ce genre, il m'en a donné pas mal et on peut pas dire que je regrette. Parce que s'il avait pas été là pour s'occuper de moi, j'en serais encore aux *Aventures de Saturnin*. Lui, c'est plutôt *Zazie dans le métro* qu'il m'a fait découvrir pour mes dix ans. Le genre de bouquin qu'avait même pas droit de cité à la maison. Du coup, il me l'a passé en contrebande avec une lampe de poche pour que je puisse le lire tranquille la nuit, sous mes couvertures. Tout gosse, il m'offrait déjà des albums pas du tout de mon âge. L'un des auteurs s'appelait Edward Gorey, c'était un Américain et les textes étaient écrits en anglais. Tonton Jérôme les achetait à Londres, où il traînait dès qu'il en avait l'occasion. Il me les ramenait et il me faisait la lecture. Comme il avait enrubanné tout ça avec le prétexte de me donner des leçons d'anglais, il avait même obtenu la bénédiction de mon père. C'est dire. Apprendre l'anglais avec tonton Jérôme, Edward Gorey et ses *Enfants fichus* – entre autres chefs-d'œuvre – c'était génial.

Voilà donc à quel genre d'individu je raconte mon histoire de pomme, qui a déclenché tout le boxon qui nous entoure désormais. Une fois que j'ai terminé, tonton Jérôme me regarde derrière ses grosses lunettes rondes. Et il me dit comme ça, d'un air mystérieux :

— C'étaient pas des prisonniers qui gueulaient devant la Santé.

Puis, sans m'en raconter d'avantage, il se tourne vers Daniel Bernard qu'a pas bougé de sa place, et il lui lance :

— Vous avez le téléphone dans votre turne pourrie ?

Le garçon de café s'apprête à l'envoyer sur les roses, mais j'interviens :

— Lui parle pas comme ça, tonton. C'est pas un loufiat !

Le type me sourit. Tonton me considère d'un œil étonné, avant de me dire :

— Faut que je prévienne tes parents !

— Hein ?!

— T'as volé une pomme, mon petit père, et t'as tout Paris à tes trousses ! Il est grand temps qu'on te remette dans le droit chemin, sans quoi le monde va courir à sa perte !

Puis, se tournant à nouveau vers Daniel, mais cette fois avec un sourire mielleux :

— Auriez-vous le téléphone, messire ?

— Au sous-sol, votre Seigneurie...

Soudain, dans le voisinage, une puissante rumeur éclate qui nous fait tous tourner la tête. Tonton Jérôme se redresse et me prend la main.

— Faut pas traîner ! Ils arrivent !

Aussitôt, il m'entraîne à sa suite à l'intérieur de la brasserie, on dévale les escaliers qui s'enfoncent sous l'établissement. La voix tremblante, j'essaye de protester :

— Je t'en prie, tonton ! Appelle pas mes parents ! C'est pas ma faute ! Je le referai plus !

Et lui de me répondre :

— T'inquiète pas, ton père, il va comprendre.

— Mais il va rien comprendre du tout parce qu'y a rien à comprendre. Pour lui, j'ai volé une pomme et je vais me prendre une déculottée parce que c'est comme ça qu'il voit les choses. S'te plaît, tonton, fais pas ça !

Mais c'est peine perdue. On est déjà au sous-sol et tonton Jérôme est entré dans la cabine, a sorti une poignée de pièces, en a jeté trois dans la machine et composé le numéro de la maison.

À peine deux sonneries, et ça décroche. Je secoue la tête dans tous les sens quand j'entends la voix nasillarde de mon père à l'autre bout de la ligne :

— *Maurice Chaffanaud, j'écoute !*

— Salut Momo ! C'est Jéjé à l'appareil. Comment tu vas ?

Mon père déteste que tonton l'appelle Momo, donc tonton l'appelle tout le temps Momo. J'entends pas la réponse, mais je me doute que le paternel fulmine. Jérôme enchaîne :

— Elle est là, la frangine ?... Tu me la passes s'il te plaît ?... Merci, Momo. Bonne soirée.

Jérôme masque le micro du combiné du téléphone pour pouffer. Je comprends alors que son histoire de prévenir mes parents, c'est encore une de ses blagues. J'entends la voix de ma mère dans l'écouteur :

— *Allô ?*

— Salut sœurette ! Dis-donc, j'ai fait une petite surprise à votre fiston : je suis passé le prendre à la sortie du collège pour l'emmener au cinéma. Et je compte aller manger un morceau après. T'en dis quoi ?... Oui, ben si je te demande à toi plutôt qu'à Momo, c'est p't-être pas la peine de demander à Momo avant de me répondre. T'es tout de même sa mère à ce gosse, non ?... Mais non, je gueule pas, voyons. C'est juste que franchement, va p't-être falloir arrêter de confondre vos maris avec vos papas, les filles, sans quoi vous serez jamais prêtes pour la révolution !... Hein ? Moi, j'ai parlé de révolution ? Ah... J'ai pas fait gaffe. Bon, en attendant, elle dit quoi la maman à

Charlie, rapport au cinéma ? Non, parce que la séance, c'est dans dix minutes et on est pas tout près... Le film ?

Je le vois qui cherche un titre au cas où mon père voudrait trouver la preuve dans le journal – oui, il est comme ça mon père, il vérifie tout. Alors avec mes doigts, je mime un truc avec mon nez, comme si j'essayais de le rendre pointu. Mais le concept passe mal et Jérôme répond aussi sec :

— *Pinocchio* !... OK, super ! Je vous le rends demain matin !

Le roi des menteurs. Emballé c'est pesé. Il raccroche et me demande :

— *Pinocchio*, à ton âge ?!

— J'ai pas mimé Pinocchio, j'ai mimé Cléopâtre, avec son grand nez.

— Mais enfin, mon enfant ! Depuis qu'ils nous ont collé Elizabeth Taylor dans le rôle, c'est plus le nez qu'est intéressant chez Cléopâtre. Bon, bref. T'es prêt pour le cinoche ?

— Je vole une pomme et tu m'emmènes au cinéma pour me récompenser, c'est ça ?

— Tu préfères passer la soirée avec Maurice Chaffanaud, peut-être ?

Il me tend sa main droite. Je la saisis aussitôt. On remonte les escaliers et on sort dare-dare de la brasserie. Une fois rendus sur le trottoir, je l'arrête et je lui demande :

— Mais alors... Si c'étaient pas des prisonniers devant la Santé, c'était quoi ?

— C'étaient des étudiants !

— Mais qu'est-ce qu'ils foutaient là ? Ils voulaient rentrer ? Ils sont cons ou quoi ?

— Non, ils voulaient faire sortir d'autres étudiants qu'on avait enfermés là.

J'ouvre de grands yeux, je me gratte la tête comme si j'avais des poux, je gonfle les joues, bref je finis par dire en soupirant :

— Je comprends rien.

— T'inquiète pas va. Ça va plus tarder.

Et il m'entraîne à sa suite.

7

« Vive les mômes et les voyous ! »

Le premier truc qui saute aux yeux, c'est l'état du décor. Je connais bien ce quartier, j'y traîne dès que je peux. Là, c'est pas compliqué, y a plus aucun repère. Ou en tout cas, les repères sont par terre, tout mélangés. La rue Gay-Lussac est une sorte de fourmilière à ciel ouvert. Pareil pour la rue d'Ulm, la rue Lhomond, la rue Descartes, la rue Clovis... Pareil pour tout ce parcours que nous empruntons avec tonton Jérôme, côte à côte, jusqu'à déboucher en plein boulevard Saint-Michel. Et là, je me retourne vers lui et je lui dis, comme le petit impertinent que je suis :

— Je comprends pas bien pourquoi on a fait tout ce chemin alors qu'on serait allés tout droit en quittant Gay-Lussac...

— Tu vois, Charlie, ton vrai problème il est là. Dans la rationalisation des choses. Oui, mon gars, on aurait pu aller tout droit. Et t'aurais rien vu de ce que t'as vu.

— Ben, j'ai vu un peu partout la même chose : des types qui renversent des bagnoles à plusieurs pour bloquer une rue et qui jettent par-dessus tout ce qu'ils trouvent. Franchement...

Tonton Jérôme me regarde un instant, troublé, les sourcils en accents circonflexes. Et moi, je reste là, super candide. Le seul truc que j'arrive pas à masquer, c'est la petite étincelle dans mes yeux.

—Tu t'améliores, petit con ! Tu m'as eu !

C'est un de nos jeux préférés avec mon parrain : jouer les blasés face à l'incroyable, face au beau, face au stupéfiant, et tenir le plus longtemps possible pour faire croire à l'autre que franchement, ce qu'on a devant les yeux est d'un banal consommé. Traverser le Quartier latin ce soir-là avec ces milliers de personnes qui montent des barricades pour tout bloquer alors que le soleil est en train de se coucher sur Paris, c'est pas que c'est incroyable, c'est juste renversant. Moi, ce jour-là, j'ai à peine treize ans et j'ai même pas les mots pour dire ce que je ressens. Mon cœur bat dans tout mon corps, mes poumons pompent des odeurs que j'ai jamais senties à Paris, mes yeux ne sont pas assez grands pour tout capter et mes oreilles pavillonnent à 360° parce que la bande-son de ces instants est au moins aussi stupéfiante que les images qui se succèdent à toute blinde.

C'est la guerre sans la guerre. Il y a une horde de femmes et d'hommes qui a décidé d'arrêter le temps, pour je ne sais trop quelles raisons. Mais l'idée a l'air bonne, si j'en crois les graffitis que certains peignent à la va-vite sur les murs devant lesquels nous passons : « Ne travaillez jamais ! », « Ne vous emmerdez plus, emmerdez les autres ! », « Le n'importe quoi érigé en système ! », « Nous voulons vivre ! » Deux d'entre eux me frappent particulièrement. Le premier, dont la peinture dégouline encore : « Vous aussi, vous pouvez voler ! » Et environ deux cent mètres plus loin, un type achève cette phrase : « Vive les mômes et les voyous ! »

— Qu'est-ce qui t'arrive ?! me demande tonton Jérôme alors que je viens de m'arrêter devant le graffiti en cours d'exécution.

— J'suis quoi moi, là-dedans ? Un môme ou un voyou ?

Il regarde le peintre de rue finir son œuvre sur la façade du bâtiment, et il se marre :

— Ben c'est assez simple, Charlie : dans le monde d'aujourd'hui, potentiellement, t'es un voyou. Dans celui de demain, si cette révolution va jusqu'au bout, les personnes de ton âge pourront redevenir des mômes et vivre leur vie comme ils l'entendent. Tiens, viens, faut que je te présente quelqu'un.

Me demandez pas dans quelle rue on est, je saurais pas vous dire tellement plus rien ne ressemble à rien. Enfin, dans celle-là, les gars n'y sont pas allés avec le dos de la louche : leur barricade traverse toute la chaussée et monte jusqu'au deuxième étage des immeubles entre lesquels ils l'ont érigée. Bagnoles, panneaux de signalisation, baraque de chantier, poubelles, pavés. Au pied de cet Annapurna, un type hirsute est assis sur un vieux poste de télé défoncé. D'une main, il fume, de l'autre, il dessine tout ce qu'il voit sur un petit carnet à croquis. On s'approche, il relève le nez, reconnaît tonton, lui sourit et s'exclame d'une grosse voix râpeuse :

— Tiens, voilà l'œil de Moscou !

— Jibé, je te présente mon filleul. Charles, voici Jibé ! Jibé, c'est mon plus vieux pote. Il a voulu faire flic, mais il s'est planté à l'épreuve de sport. C'est pour ça que je l'aime.

— Arrête de dire des conneries, toi !

Le type range son carnet dans la poche de sa veste, plante sa clope entre ses lèvres et me considère en grattant son épaisse chevelure :

— Tes parents t'ont appelé Charles ? Par les temps qui courent, c'est pas prudent !

Je lui réponds aussi sec :

— Ben quoi ? C'est pas plus con que Jibé !

Il se marre. Tonton lui demande :

— Alors, comment ça se présente ?

— Ça dépend par où on le prend. Côté fiesta, on est parés. Mais côté castagne, faut s'attendre au pire. De Gaulle a toujours pas réagi mais, à mon avis, la flicaille va vite rappliquer. Les A.G. s'enchaînent à la Sorbonne. Paraît que Sartre est en train de causer dans le grand amphi. Ça doit être d'un chiant…

Ils discutent comme ça pendant un petit moment et je perds vite le fil. La politique, j'y pige pas grand-chose. Ce qui m'intéresse, c'est tout ce qui se passe autour de moi. Autant dire qu'il y a de quoi faire !

En observant les allées et venues des centaines de gens qui nous entourent, je comprends vite un truc : dans ce quartier pourtant bourgeois, avec ses beaux immeubles haussmanniens et ses grandes brasseries cossues, on a l'air de trouver cette kermesse plutôt fameuse. À l'exception de quelques râleurs qui maudissent les manifestants, tout le monde s'entraide, tout le monde se parle, tout le monde rigole. Au sommet de la barricade qui se dresse comme un pont entre deux rives, les étudiants circulent d'un balcon à l'autre, récupérant des réserves d'eau, de la nourriture que les habitants leur font passer. Quelques gosses jouent même sur le toit d'une DS qui est arrivée là-haut je sais pas comment. Un type a sorti sur le rebord de sa fenêtre un tourne-disque et il passe des disques, volume à fond. Là, par exemple, je reconnais *A little help for my friend* des Beatles…

Y a quand même un truc qui me turlupine...

— Excusez-moi, mais en fait, c'est pour quoi tout ce bordel ?

Au regard que Jibé me lance, sourcils froncés, j'ai l'impression d'avoir dit une énorme connerie. Du coup, j'enchaîne :

— Non, c'est vrai quoi : c'est bien gentil tout ça, c'est joyeux et j'ai jamais vu les Parisiens aussi contents d'être ensemble. Mais je suppose que c'est pas parce qu'on peut tout casser que c'est le bonheur, si ?

Jibé reste perplexe. Tonton sourit, sort une clope et ouvre la bouche pour me répondre. Sauf qu'au final, c'est pas lui qui parle.

8

« J'ai quelque chose à dire mais je ne sais pas quoi ! »

— Ben si, tu vois, justement ! C'est parce qu'on peut tout foutre en l'air qu'y a autant de monde ici ce soir. Et crois-moi, si y en n'avait pas une petite centaine qui s'était décidée, ben on serait encore là à attendre que ça se passe. Tu vois ces bagnoles renversées partout, toutes ces grilles d'arbres, tous ces monticules de trucs partout autour de toi ? Hier encore, c'était inimaginable, autant pour un gosse de ton âge que pour un adulte comme ton père. Maintenant, voilà : t'as la preuve que c'est possible. Parce qu'on a décidé que ça l'était ! Et c'est ça qui est grand !

Le nouveau venu ne doit pas être plus vieux que tonton Jérôme et Jibé, il a un accent assez fort, peut-être allemand, des cheveux roux et des yeux bleus qui pourraient lui tomber sur les chaussures tellement il les fait tourner dans leurs orbites. Et ce qu'il dit a l'air de fasciner la petite bande avec laquelle il vient de débarquer. Du coup, je lui demande :

— OK, d'accord. Mais après ?

— Ben après, ça sera le bonheur, mon petit. Interdit d'interdire. Tout le monde pourra s'exprimer, dire ce qu'il pense, proposer un avenir au monde.

— Et si j'ai rien à dire, moi ?

— T'as forcément quelque chose à dire. Seulement pour l'instant, tu sais pas quoi. Mais ça va venir. Tu vas trouver !

Autour du type, je vois les têtes qui opinent avec sérieux. Tonton et Jibé, eux, ont pas l'air aussi sûrs que ça va se passer comme ça, mais ils disent rien. Le rouquin a l'air bien lancé, alors tout à coup, je lève ma pomme et je lui demande :

— Tout à l'heure, j'avais faim alors j'ai volé cette pomme à un marchand. Est-ce que ça peut être ça ma proposition au monde : tu veux un truc, t'as qu'à te servir ?

Là, je vois quelque chose qui passe dans les yeux du type et il fait de son mieux pour trouver une réponse à me donner. Au bout du compte, il s'écrie à la ronde :

— Il est avec qui, ce môme ?!

Jibé et tonton se fendent la poire. Au même moment, un autre type arrive en gueulant :

— Danny, paraît que de Gaulle vient d'aller se coucher !

Le rouquin se retourne alors vers ses copains et hurle :

— Mesdames, messieurs ! La nuit est à nous !

Et tout le monde se met soudain à hurler autour de moi. Un immense cri qui se communique mètre après mètre, passe les trottoirs, les barricades et finalement les rues jusqu'à ce que tout le quartier résonne d'une même joie. Je comprends toujours rien – et on peut pas dire que les explications de Danny le rouquin m'aient vraiment éclairé – mais j'avoue que ça me transporte. Alors, à mon tour, j'ouvre grand la bouche pour hurler comme un damné, le poing en l'air. Si la nuit est à nous, autant commencer tout de suite ! C'est là que je sens une main qui m'attrape le bras, me force à avancer et que j'entends la voix de tonton qui me dit à l'oreille :

— Va pas falloir rester ici, Charlie !

— Hein ? Pourquoi ?

On a à peine fait quelques mètres pour s'éloigner des gueulards qu'il m'arrête pour me montrer le bout de la rue :

— Tu les vois, eux, là-bas ?

Un peu que je les vois ! C'est comme s'ils venaient d'apparaître dans le décor. Un mur d'hommes, vêtus et casqués de noir, boucliers, grandes matraques bien lourdes à la main, et des espèces de grosses lunettes ventousées aux yeux.

— C'est qui ?

— Des CRS.

— Des quoi ?

— Compagnies républicaines de sécurité. Des types que t'aimerais pas rencontrer. À ton âge, tu ferais pas le poids. Déjà que moi…

— Pourquoi ils sont là ?

— Parce qu'on y est, tiens !

— Je comprends rien. L'autre là, tout à l'heure – comment il s'appelle déjà ? – il a dit que la nuit était à nous, non ?

— Oui, oh, tu sais, Daniel Cohn-Bendit, des trucs et des formules toutes faites, il en dit des tas depuis que tout ça a commencé. Après faut voir ce que ça va devenir. Pour l'instant, tout le monde l'appelle Danny le Rouge, mais bon. Si ça se trouve, dans trente ans, il sera ministre, alors tu sais, hein ?

D'un coup, je redeviens un gosse, ma déception prend le dessus :

— On est pas là pour s'amuser alors ?

— Pas vraiment, non, Charlie. Tous les gens que tu vois ici, ils en ont marre du monde dans lequel on vit aujourd'hui. Moi aussi, j'en ai marre. Toi, t'es encore un peu jeune, mais ça va pas tarder.

Je réfléchis deux secondes, et je lui réponds :

— Mais moi aussi j'en ai marre ! Pas besoin d'être vieux pour en avoir marre !

Il me regarde, mi-souriant, mi-dubitatif. Il va dire quelque chose, mais je lui coupe la parole :

— Ouais, parfaitement ! J'en ai marre ! Qu'est-ce que tu crois ? J'ai jamais demandé à naître ni ici ni maintenant. Si on m'avait demandé mon avis, ben j'aurais choisi une toute autre époque, figure-toi.

— Ah ouais ? Et laquelle ?

— J'en sais rien. Mais rien avant l'an 2000, ça c'est sûr. Quand on pourra se déplacer en bagnole volante et qu'y aura des robots pour nous laver le matin.

Sur le coup, tonton Jérôme rigole. Mais moi, je suis lancé et y a pas grand-chose qui pourrait m'arrêter. Parce qu'aujourd'hui, c'est quand même pas possible. On dirait que quoi que je fasse, personne sera jamais content. À commencer par mes parents ! Eux, pour desserrer la ceinture, va falloir attendre encore un siècle. Déjà, ma mère : si elle me voyait, à cette seconde, il lui faudrait vingt piqûres de vitamines pour la ranimer.

Ensuite, mon père, qui fait semblant d'avoir peur de rien, mais qui tremble dans ses costumes en tergal... Comment je le sais ? D'après vous, pourquoi il m'y a emmené si jeune à la prison de la Santé ? Parce que j'étais impressionnable, et donc il voulait me faire peur, pour que je sois un gentil garçon bien sage le reste de ma vie, pour que je me rebiffe jamais contre l'autorité et en tout premier lieu contre la sienne. Et le pire, c'est que ça a marché.

Enfin, jusqu'à cette foutue pomme !

Déjà, excusez-moi, mais les adultes dans le genre exemple à suivre, comme dirait Zazie : « Mon cul ! » Moi, je sais bien qu'ils mentent. De toute façon, tout le monde ment. C'est pas possible autrement. On peut pas toujours dire la vérité. Comment vous croyez qu'il est monté dans cet avion et qu'il est parti à la guerre, tonton Clément ? Vous imaginez peut-être que le type qui l'a obligé à faire ça, il lui a dit : « Tu vas crever sitôt arrivé et ça rachètera tes fautes » ? Sûrement pas. Tout ce qu'on lui a raconté, c'est que s'il sautait, il irait pas en prison. Et il a sauté. Ça, c'est sûr qu'après, la prison, il risquait pas d'y aller. Et des comme lui, y en a eu des centaines, des milliers, des millions même depuis le temps que les guerres existent.

Et mon père qui prétend que dans son boulot, il est incorruptible, qu'est-ce que vous imaginez ? Y a pas si longtemps, je les ai entendus discuter avec ma mère. Il venait de trouver une erreur dans la comptabilité de sa société, qu'avait pas l'air d'une erreur du tout, mais bien d'une bonne vieille tricherie. Alors il est allé voir son patron, qui lui a dit comme ça :

— Maurice, vous avez doublement raison. D'abord d'être venu me parler de cette erreur. Ensuite, parce qu'il ne s'agit pas d'une erreur, puisque c'est volontaire de notre part. Et ça va nous rapporter beaucoup d'argent. Or si cet argent nous échappe, cela nous obligera à licencier pas mal de monde. Alors, si vous ne voulez pas faire partie des premiers à nous quitter, je vous conseille de garder ça pour vous. Ce sera notre petit secret. On s'entend, Maurice ?

Mon père, il était pas bien. Ma mère lui a dit :

— Chéri, il va falloir que tu apprennes à tricher de temps en temps. C'est comme ça. C'est notre monde.

Alors, non seulement mon père il a rien dit, mais en plus, deux mois plus tard, notre vieille Panhard était remplacée par une Peugeot 404 de première bourre.

Ah ça ! pour m'emmener à la prison de la Santé et jouer les incorruptibles, y a du monde !

Pour m'apprendre à pas me faire remarquer, encore plus !!

Mais en attendant, qui est-ce qui a construit ce monde tout pourri avant que j'y fasse mon entrée ?

.... ALORS QUE J'AVAIS MÊME PAS DEMANDÉ À NAÎTRE ?!

HEIN ?!!!!

9

« Le bonheur est une idée neuve ! »

Il avait pas tort, Danny le Rouge. Des trucs à dire, j'en avais des tas et c'est sorti comme ça. D'abord à tonton, puis à tous les gens qu'on a rencontrés sur notre passage. C'était hypnotique. « Positivement inusable », comme aurait dit Zazie. Jusque-là, je me rendais même pas compte à quel point moi aussi, j'en avais ras le bol. Eh ben, ça y est ! Maintenant, je sais : oui, j'ai des trucs à dire, un tas, même ! Et quand je m'arrête enfin, je me rends compte qu'autour de moi, le ras-le-bol a dégénéré en bataille rangée.

La nuit est tombée sans même que je le remarque, noyé que j'étais dans mon inusabilité. Par contre, la scène que je distingue bien, là, alors qu'on a pris un peu le large avec tonton Jérôme et Jibé, c'est ce garçon qui vient de saisir un pavé qui traînait par terre. Il court sur quelques mètres, il s'arcboute en arrière pour bien donner de l'élan à son bras et il le rejette vers l'avant. Le pavé monte dans le ciel, il parcourt des dizaines de mètres et il retombe, roule sur la chaussée pour s'arrêter au pied du mur d'hommes en noir, avec leurs casques et leurs matraques. Alors, c'est comme un signal. Du mur de CRS part un projectile, décrivant la même courbe que le pavé, mais dans le sens inverse et, à sa suite, un tourbillon de fumée blanche. Quand ce truc touche le sol, bang ! il éclate en mille fumeroles. Et aussitôt, ça se met à puer, à piquer les yeux, à donner envie de vomir.

Puis une pluie de ces bidules puants et vomitifs s'abat sur nous en même temps qu'une pluie de pavés s'abat sur eux.

Je me tourne vers tonton Jérôme et je constate qu'il ne rigole plus du tout. Pas plus que Jibé, vu que lui, il vient d'en saisir un dans sa main, de pavé, et qu'il est en train de prendre son élan pour le lancer à son tour. Comme à peu près tous les gens qui nous entourent. Ça pleure, ça tousse, ça dégueule, mais ça jette tous azimuts aussi.

Tonton Jérôme m'attrape par le col de ma veste, plante son regard dans le mien et il me crie, au milieu du bruit :

— On va se trouver un endroit tranquille pour regarder ça. Suis-moi !

Il m'entraîne vers la barricade la plus haute. On grimpe. Sous mes pieds, les éléments dégringolent. Je dérape mais je m'accroche. Tonton me pousse, des mains m'attrapent et on s'élève. Autour de nous, la fumée monte, percée de flashes aveuglants et d'explosions folles. De temps à autre, je jette un regard en arrière : c'est l'apocalypse.

Des femmes, des hommes courent dans tous les sens, lancent des choses vers les hommes en noir qui tiennent toujours le haut de la rue et avancent lentement. Depuis les balcons, je vois des gens qui se relaient pour balancer de l'eau sur les manifestants. Au début, je crois qu'ils veulent les faire fuir, comme dans les attaques de châteaux-forts. Et puis je comprends, en voyant les combattants se précipiter sous les petites cataractes, qu'au contraire, ils les éclaboussent autant qu'ils peuvent pour les laver de la fumée des bombes lacrymogènes.

Enfin, on arrive au sommet de la barricade. Tonton me tire vers l'un des balcons, dont on enjambe l'un après l'autre le garde-corps. Il y a là une dame qui doit avoir l'âge de ma grand-mère. L'air affolée, elle nous crie :

— Entrez ! Dépêchez-vous !

Ça, pour entrer, on entre ! On chute même, sur un joli tapis comme il y en a un dans le salon de Jacqueline Figus. Aussitôt, elle ferme la fenêtre derrière nous en disant :

— Mes pauvres enfants ! Venez, venez ! Ne restez pas là, ils sont devenus fous !

Je ne sais pas si elle parle des gens qui jettent des pavés ou des CRS qui lancent des grenades, mais je m'en fiche. Moi, ce que je veux, c'est voir. Rester à la fenêtre et regarder dehors. Assister au spectable de ce monde qui, d'une manière ou d'une autre, est en train de se casser la gueule dans le bruit et la fureur. Alors je m'assois tranquillement sur le rebord d'une des fenêtres et j'observe, en contrebas, la bataille qui se déroule. Je me sens comme un spectateur au théâtre, assistant à la joute des soldats d'une tragédie antique. C'est beau, lumineux, entraînant et je lis, sur les visages des jeunes manifestants, loin là-bas, l'envie d'en découdre joyeusement contre l'ordre établi. Jusqu'à l'aube.

10

« En tout cas, pas de remords ! »

J'ai dû m'endormir à un moment donné, je ne sais plus quand, ni comment. On me secoue et quand j'ouvre enfin les yeux, je ne reconnais pas le plafond au-dessus de ma tête sur lequel les reflets du soleil jouent à cache-cache dans les moulures. Je suis allongé dans un canapé, un plaid me recouvre. Tonton Jérôme m'observe avec ce sourire dont il ne se départit jamais. Avant que j'ouvre la bouche, il pose un doigt sur ses lèvres. Chuuut ! Je me redresse, pose mes pieds au sol et, alors que je vais me lever, j'aperçois, juste là sur le parquet ciré… ma pomme. Sur le coup, ça me sidère. Avec tout ce que j'ai vécu depuis la rue Daguerre, je n'ai jamais lâché ce truc dont je n'aime même pas particulièrement le goût. C'est quand même dingue, non ?

J'entends tonton Jérôme murmurer à l'autre bout du salon :

— Charlie, on y va !

Je le regarde. Je regarde ma pomme. Je reste un peu bloqué sur le bord du canapé, hésitant. Et puis je me baisse et je la ramasse.

Traverser Paris ce matin est une expérience unique. Un champ de bataille sans le moindre mort. En fait, on dirait un immense chantier. Les avenues ont été dépavées sur des dizaines de mètres, et on enjambe des tranchées vastes comme des cicatrices. Je me dis que ça devait ressembler à ça, Paris, au moment où ils construisaient les premières lignes du métro, en 1900. Bien entendu, de métro ce matin, y en a pas. Un étrange silence règne sur la ville. Les quelques personnes que nous croisons sont pour la plupart des hommes en noir qui regagnent leurs véhicules de transport des troupes. Les étudiants sont rares.

Je ne dis rien. Tonton non plus. Nous marchons côte à côte, éberlués, au milieu des décombres. Soudain, le paysage change. D'un coup, la ville reprend son visage d'avant : au tournant d'une rue tout redevient droit, aligné, construit, normal. C'est comme si l'histoire de cette nuit s'arrêtait là. Au point que je m'arrête pour jeter un regard en arrière.

— Qu'est-ce que tu fous, Charlie ?

— Deux minutes, tonton. C'est pour le souvenir.

Ça me fait drôle de dire ça parce que ce sont exactement les mêmes paroles que prononce mon père quand on rentre à Paris après des vacances à la mer. On est à peine partis qu'il arrête la voiture. Ma mère lui demande alors :

— Qu'est-ce que tu fais, Maurice ?

Et invariablement, il lui répond :

— Deux minutes, chérie. C'est pour le souvenir.

Il attrape son appareil Kodak dans le vide-poche, il sort et il prend une dernière photo, une dernière bouffée d'air iodé avant de remonter et de partir.

Quand on arrive place Denfert-Rochereau, le Lion de Belfort est toujours planté sur son piédestal, mais autour de lui aussi, il y a eu du grabuge. De l'autre côté, la rue Victor-Considérant ressemble à un havre de paix épargné par les émeutes. Devant la porte de mon immeuble, tonton me dit :

— Je vais monter avec toi. Faut que j'explique à ton père...

— Laisse tomber, je m'en occupe de mon père.

— T'es sûr ?

— Non. Mais je vais essayer.

Tonton Jérôme me sourit, me pose une main sur l'épaule, je sens qu'il va me dire un truc grave, mais qu'il cherche quelque chose de mieux. Du coup, c'est moi qui le double :

— Ils repassent *Cléopâtre* au Champo la semaine prochaine. On ira ?

— C'est pas très révolutionnaire *Cléopâtre*, jeune homme !

— Peut-être pas, mais c'est Elizabeth Taylor, quand même !

L'immeuble est silencieux. Je monte les escaliers marche après marche, la main un peu crispée sur la rampe. Pas vraiment envie d'arriver là-haut et de devoir expliquer pourquoi je rentre à cette heure, pourquoi je suis pas au collège, pourquoi je sens mauvais comme ça, pourquoi mes habits sont tout froissés et tout ce que j'ai fait pour être dans cet état.

Sauf que le temps que je fasse la liste des trucs dont je n'ai pas envie, je suis déjà devant la porte de l'appartement.

Elle s'ouvre et je me retrouve nez-à-nez avec M. Maurice Chaffanaud.

Mon père.

La main sur la poignée.

Prêts à partir au travail. Moustache nickel. Coupe de cheveux nickel. Imper mastic nickel. Pantalon nickel. Le chapeau à la main. Dans l'autre, sa petite serviette en cuir. Je m'attends à ce qu'il me chope par l'oreille ou un truc dans ce genre. Au lieu de quoi, il me dit :

— Alors, tu t'es bien amusé ?

Sur le coup, ça me scie. Je bafouille :

— Euh… ouais, comme ça.

— T'as vu *Pinocchio* ?

J'ai passé la nuit à faire la guerre pour changer le monde et mon père me parle de *Pinocchio* ?! Qu'est-ce qui lui prend ?

— Euh… non.

Il a ce mouvement que je n'aime pas chez lui, quand il ne comprend pas quelque chose : la tête qui recule et le menton qui rentre.

— Alors, qu'est-ce que t'as fait ?

C'est bizarre, j'ai l'impression d'avoir déjà vécu cette scène, ou de l'avoir lue quelque part, ou peut-être vue au cinéma. Du coup, même la réponse que je lui fais du tac au tac sonne comme une redite :

— J'ai vieilli.

Les sourcils de mon père se froncent. Il prend une bonne demi-douzaine de secondes à essayer de comprendre ce que je viens de dire – et j'avoue que je profite de ce petit laps de temps pour faire de même. Et puis soudain, son regard descend et il s'exclame :

— Qu'est-ce que c'est que cette pomme ?

— Hein ?

Je regarde ma main et une fois encore, je tombe sur ma golden, là, serrée dans mon poing comme un trésor.

— Euh... C'est tonton qui me l'a...

— Tu me la donnes ? Je suis en retard, j'ai pas eu le temps de me préparer un sandwich pour midi. De toute façon, ta mère en a acheté un kilo, hier soir.

Je réfléchis pas longtemps, à vrai dire. En la lui tendant, je me dis que je lui transmets peut-être un fruit qui a changé ma vie et qui changera peut être la sienne – donc la nôtre. Il la prend, la glisse dans la poche de son imper et me dit :

— Merci, mon grand. À ce soir.

Il se penche pour m'embrasser sur le sommet du crâne comme tous les matins. Je sens l'odeur de son after-shave, je l'entends dévaler l'escalier et, de l'autre côté de la porte, ma mère qui s'écrie depuis la cuisine :

— C'est toi, Charles ? Dépêche-toi, tu vas être en retard au collège, mon chéri.

*Le 11 mai 1968, date à laquelle se déroule cette histoire, à Paris, plusieurs milliers d'étudiants, lancés depuis le début du mois dans une série de grèves, décident de prendre le Quartier latin d'assaut. Le mouvement démarre en partie devant la prison de la Santé, boulevard Arago dans le XIV*e *arrondissement. Près de 10 000 manifestants s'y sont regroupés pour réclamer la libération de camarades incarcérés quelques semaines plus tôt. Au même moment, à quelques mètres de là, des centaines de lycéens bloquent la place Denfert-Rochereau. Les deux cortèges se rejoignent finalement et convergent vers la rue Saint-Jacques, en direction du boulevard Saint-Michel.*

La nuit qui va suivre, durant laquelle les CRS donneront l'assaut pour que cesse la rébellion, est appelée : nuit des barricades.

Bordeaux, Paris, Saint-Nazaire, 2017-2018